LE DEY D'ALGER

CHEZ MONSIEUR

DE POLIGNAC.

Scène dramatique ;

PAR R.L MENDÈS DA COSTA.

Prix 1 franc.

PARIS,

CHEZ CHAUMEROT, LIBRAIRE, DELAUNAY, LIBRAIRE, Galerie d'Orléans, au Palais-Royal.

Et chez tous les Marchands de Nouveautés.

1830.

LE DÈY D'ALGER

CHEZ

M. DE POLIGNAC.

LE DEY D'ALGER

CHEZ MONSIEUR

DE POLIGNAC.

Scène dramatique ;

PAR R.L MENDÈS DA COSTA.

Prix 1 franc.

PARIS,

CHEZ { CHAUMEROT, LIBRAIRE, DELAUNAY, LIBRAIRE, } Galerie d'Orléans, au Palais-Royal.

Et chez tous les Marchands de Nouveautés.

1830.

PERSONNAGES.

MM. DE POLIGNAC.
DE GUERNON-RANVILLE.
DE BOURMONT.
Le DEY.
LE GÉNIE DE LA FRANCE.
Un Huissier.

La Scène se passe dans le cabinet du Président du Conseil.

SCÈNE PREMIÈRE.

MM. DE POLIGNAC, DE RANVILLE ET DE BOURMONT.

BOURMONT.

Nous accourons, Seigneur, à votre voix fidelle :
Mais si tard près de vous quel sujet nous rappelle ?
Nous avons déserté votre joyeux salon......

POLIGNAC.

Guerrier de Waterloo prenez un autre ton,
Et supprimez surtout de certaines paroles :
Parlez correctement, et non par hyperboles.

BOURMONT.

Seigneur, nous connaissons votre éloquente voix ;
La Chambre plébéienne en retentit deux fois ;

Mais puisque mon parler vous déplaît et vous blesse,
Je m'en vais.

POLIGNAC.

Non, restez; le tourment qui me presse
A besoin d'indulgence : apprenez mon souci;
Approchez-vous Bourmont, et vous Ranville aussi.

RANVILLE.

A vos nobles destins je resterai fidèle,
En dépit de l'adresse, en dépit de Villèle;
Car je prévois le coup qui vous trouble en ce jour.
De votre adroit rival l'arrivée à la cour
Semble vous présager une prompte disgrâce.

POLIGNAC.

Ranville, je le sais, il me fait la grimace;
Il voudrait de nouveau s'emparer du pouvoir,
Le faubourg Saint-Germain nourrit son fol espoir;
Mais des amis puissans par delà de la Manche
Sauront me protéger; ils sont tous dans ma manche.
De l'ancien président qu'importent les projets,
Ne suis-je pas l'ami du maréchal anglais?

Un sujet bien plus grave occupe ma pensée,
D'un danger bien plus grand ma gloire est menacée.
C'est peu que contre nous de funestes écrits
Enveniment la Cour, la province et Paris;
C'est peu que le barreau, de sa voix redoutable,
Pour mieux nous outrager illustre le coupable,
Et qu'à couvert des lois le peuple factieux
Présente à l'avenir un pacte audacieux.
Vous le savez, Messieurs, à la clameur sinistre
J'oppose un front d'airain, l'ornement du ministre :
J'ai souffert avec calme un insultant banquet
Qui pesait sur mon cœur comme un fatal placet.
Les toast et les fleurs, les discours téméraires,
Les coupables sermens à notre espoir contraires,
Tout ce bruit insolent ne m'a pas effrayé :
Quoique le peuple crie, il a toujours payé.
Je ne crains que la Chambre, à tous nos vœux rebelle,
Par elle nous pouvons, ce qu'on ne peut sans elle;
Et sans avoir besoin d'autre explication,
Vous aurez déjà fait cette réflexion :
Que le peuple est semblable à la marionette
Que fait agir la main de celui qui l'achette :
Mais on ne l'obtient pas toujours au prix de l'or;
Vainement aurions-nous épuisé le trésor,

Députés, Électeurs, que rien ne peut séduire,
Ni l'or qu'à pleines mains à leurs yeux j'ai fait luire,
Ni l'appât des grandeurs, ni l'espoir ni la peur.
Le temps heureux n'est plus où le faible Électeur
Mettait sa voix et l'or dans la même balance,
Et sauvait à-la-fois le Ministre et la France.
Vous ne l'ignorez pas ; déjà de toutes parts
Le peuple de ses lois se forme des remparts ;
Il menace l'État, et dans son avarice
S'apprête malgré nous à se faire justice ;
Sur de pareils dangers je ne m'aveuglai pas,
Pour obtenir la paix, j'eus recours au combat.

RANVILLE.

Nous admirons, Seigneur, la haute politique
Qui vous fit concevoir cette guerre d'Afrique.
Nous prévoyons les fruits que mûrit son succès.

POLIGNAC.

Oui, par son résultat affermie à jamais
Je voyais refleurir l'autorité suprême,
L'autel au trône uni, portait le diadême;
Je voyais se laver dans le sang africain

Le beau nom de Bourmont qu'on veut flétrir en vain
Et que le peuple hait ; j'espérais que la gloire
Étoufferait ses cris par des chants de victoire.
Contre ce peuple, amis, il fallait un effort,
Une fête l'enivre et la gloire l'endort;
Bercé par les lauriers qu'il doit à son courage,
Fier de ses vains exploits, et sans prévoir l'orage.
J'aurais dissous la Chambre : alors et sans songer
A voter contre ceux qui vainquirent Alger,
De la majorité nous avions l'assurance,
Et le budjet prochain comblait notre espérance.

RANVILLE.

O jour trois fois heureux pour notre noble cœur !

BOURMONT.

Pourquoi le retarder ?

POLIGNAC.

Vous le saurez, Seigneur,
A d'autres intérêts si je voulais descendre,
Voyez les résultats qu'on en pourrait attendre.
Tous ces marchés divers que nous avons conclus,
(Et qui pour être nuls ne seraient pas perdus),

Tous ces trésors cachés au fond de Constantine,
Relevant et le frac et la mitre et l'hermine,
Soulageaient nos efforts que l'église bénit,
Et l'église à son tour en eût fait son profit.

RANVILLE.

Des prêtres, après nous, payons les honoraires.

BOURMONT.

Avec l'argent du Dey formons des séminaires.

POLIGNAC.

A ce bel avenir qui s'offrait à nos yeux
Il nous faut renoncer, le Dey vient en ces lieux.

BOURMONT.

Quel espoir peut nourrir cet excès d'insolence;
L'avez-vous vu, Seigneur?

POLIGNAC.

C'est en votre présence
Que je veux recevoir ce pirate effronté.

RANVILLE.

Il faut le recevoir, mais avec dignité.

SCÈNE DEUXIÈME.

LES PRÉCÉDENS. — UN HUISSIER.

L'HUISSIER.

Un étranger demande un moment d'audience.

POLIGNAC.

Quel est-il?

L'HUISSIER.

Je crois Turc; par un turban immense
Tout son front est couvert.

POLIGNAC.

Les Turcs sont nos amis.
Il doit sans plus tarder près de nous être admis.

(*L'huissier sort.*)

C'est le Dey, j'en suis sûr; mais je veux qu'on l'ignore.

BOURMONT.

Vos gens sont très-discrets?

POLIGNAC.

Soyons-le plus encore.

RANVILLE.

Le voici qui s'avance.

SCENE TROISIEME.

Les Précédens, LE DEY. (*Celui-ci s'incline profondément devant M. de Polignac.*

POLIGNAC.

Approchez-vous, seigneur.

LE DEY.

J'ai droit d'être surpris de ce titre flatteur,
Moi, qui ne suis ici qu'un insolent corsaire,
Chef de hardis brigands ennemis de la terre,
Votre accueil gracieux me charme et me surprend;
Mais pour être poli, serez-vous toujours franc?
Écoutez, moi je parle avec cette franchise
Qui jamais à vos Cours ne put se voir admise;
Je suis peu courtisan, mais pour le devenir
A plus nobles que vous je ne saurais m'unir,
Et je viens.....

BOURMONT.

Quel discours! en cette circonstance,
Pour nous mystifier laissas-tu ta régence,
Vil pirate, réponds? qui t'amène en ces lieux?

LE DEY.

Je ne répondrai pas aux mots injurieux;

Je méprise un secours qui pourrait vous confondre,
Les champs de Waterloo pour moi savent répondre.
Mais laissons ces discours : unis pour un moment
Supprimons les effets d'un vain emportement;
Je suis las de régner sur la Mauritanie,
Son séjour me déplaît, ma puissance m'ennuie ;
Je veux, nouveau Sylla, déposer mon pouvoir ;
Mais avant que d'agir j'ai désiré vous voir.
Au rivage africain vos hautes renommées
Vinrent jusques à moi ; je quittai mes armées
Oubliant mon insulte, et plein d'heureux transports
J'accourus pour m'unir à vos nobles efforts.
Entre nous, n'est-il pas certaine sympathie ?
Non pas qu'armant mon bras pour trahir ma patrie ;
A ce lâche forfait j'abaisse ma valeur,
Je veux laisser le trône, et non pas mon honneur ;
La trahison toujours à la honte s'enlace.

(*S'adressant à Bourmont, qui tressaille.*)

Mais pourquoi donc, Seigneur, faites-vous la grimace?

BOURMONT.

Un léger mal de cœur, c'est peu de chose, un rien.

LE DEY.

Je vous plains, c'est un mal qu'on ne guérit pas bien.

L'avenir me fait peur, car même dans l'Afrique
On se permet déjà de parler politique.
Le mal vient de l'Europe, où le peuple entêté,
S'éveille insolemment au nom de liberté.
L'hydre qui nous effraie il nous faudra l'abattre,
Et je m'unis à vous pour pouvoir la combattre.

POLIGNAC.

Y pensez-vous, Seigneur, déjà tous nos vaisseaux
Attendent le signal pour traverser les flots,
Pour venger noblement notre sanglante offense.

LE DEY.

Nos intérêts communs ont bien plus d'importance.
Laissez-là des motifs qui servent trop souvent
A des projets cachés, de mince vêtement :
A l'avenir entier consacrons notre histoire,
Je vois déjà la main d'une immortelle gloire
Inscrire ces grands noms au front d'un Panthéon :
Van-Maanen, Polignac, Metternich, Wellington ;
On y joindra le mien pour briller d'âge en âge,
Comme autant de flambeaux éclairant l'esclavage.

. . . .

. . . .

POLIGNAC.

Vous Ministre en ces lieux ! Quelle amère satire.

BOURMONT.

Un Ministre africain !

LE DEY.

On a vu chose pire,
Je n'ai pas encore dit tout ce que je voulais,
Ecoutez-moi d'abord, vous répondrez après.
La finance me plaît, et dans son ministère
Je crois que je ferais aisément notre affaire;
Et, sans plus me servir d'inutiles détours,
A de nouveaux budjets je n'aurais plus recours.
Je dirais : il me faut l'argent que je demande,
Et si l'on déclarait l'impôt de contrebande,
J'emploirais le secours des soldats étrangers,
J'y joindrais des Bédouins, ce sont de bons guerriers.
Deux ou trois régimens de vaillans janissaires
Iraient chez vos élus demander leurs salaires ;
Mes soldats Africains, aux Suisses réunis,
Feraient encor trembler le quartier St.-Denis ;
J'ai, contre les mutins, des moyens efficaces :
Leurs têtes orneraient nos palais et nos places,
Et pour habituer les Français à nos coups,
Nous entrelacerons les sabres et les knouts ;
J'ai tout dit, répondez : puis-je vous être utile?

POLIGNAC.

Nous admirons, seigneur, votre savoir fertile,
Mais il est des moyens qu'il nous faut rejeter,
Et qu'en vain dans ces lieux on voudrait adopter.

LE DEY.

Je conçois le motif qui fait qu'on me rejette,
La guerre vous sourit et ma valeur s'y prête.
Adieu, je vous attends au rivage Africain,
Là je sais commander, mais le sabre à la main.
Allez, faibles tyrans qui conspirez dans l'ombre,
Qui fuyez le grand jour, et qui comptez le nombre,
Le peuple qui me hait, du moins tremble à ma voix,
Un enfant vous méprise et se rit de vos lois.

(Il sort.)

POLIGNAC.

Les destins sont pour nous ; le Dey, par sa vengeance,
Détruira de la paix jusques à l'espérance ;
Partez, partez Bourmont, et que sur vos succès
Nos pouvoirs affermis se fondent à jamais ;
Partez, car c'est de vous que dépend la victoire,
Et nous, dans ce séjour, préparant notre gloire
Par des moyens puissans que vous n'ignorez pas,
De nos élections assurons les combats.

Au torrent plébéïen j'opposerai des digues,
Les manufacturiers ignorent les intrigues ;
L'exemple de Villèle a quelque prix encor,
Enrichissons la France aux dépens du trésor ;
Car il n'est de Français que ceux qui nous secondent,
Et ce n'est que sur eux que nos pouvoirs se fondent.
Septembre nous verra, si j'en crois mon espoir,
D'incommodes liens affranchir le pouvoir.
Oui, Messieurs, je le veux et j'en ai le courage,
La Seine sera libre aussi bien que le Tage,
Le pouvoir sans obstacle ainsi que les budjets,
Je veux des députés appuyant mes projets :
D'autres élections sauront les faire éclore,
Et libres à jamais de ce joug que j'abhorre,
Nous en accablerons nos vils accusateurs;
Les trésors ou la crainte, ou l'espoir des grandeurs,
Sauront favoriser notre noble entreprise,
Metternich nous regarde, et déjà la Tamise
S'enfle d'un noble orgueil au bruit de nos exploits;
Montrons-nous au-dessus du peuple et de ses lois.
Que ce peuple insensé les aime et les respecte,
Il le peut, il le doit en sa bassesse abjecte.
Pour nous qui respirons l'air épuré des cours,
Nous saurons parcourir tous ces sombres détours

Qui laissent quelque doute ou bien que l'on ignore.
Septembre deviendra cette brillante aurore
Qu'appellent de leurs vœux nos amis empressés :
Encore quelques jours, ils seront exaucés;
E ncore quelques jours, nos arrêts redoutables
Saurons nous délivrer des préfets peu capables.
L'église, bénissant nos efforts généreux,
S'unit à nos travaux; plus de jours nébuleux ;
Et la France, à jamais heureuse, monarchique,
Bannira saintement une race hérétique.
Alors.....

(*On entend un roulement de tonnerre.*)

BOURMONT.

D'où vient ce bruit? Serait-ce le canon?
Je me croyais encor dans le camp Wellington.

SCÈNE QUATRIÈME.

(Le Théâtre se couvre de nuages, le Génie de la France apparaît sur un char fleurdelysé.)

Les Précédens, LE GÉNIE.

LE GÉNIE.

Du séjour éternel, où mon œil voit la France,
Un long cri d'anathême a rompu le silence;
A ces coupables cris que vous avez jetés
J'accourus pour répondre; orgueilleux, écoutez!
Vous cherchez à me fuir; mais en vain votre oreille
Se ferme à mes accens; la vérité s'éveille;
La France, rajeunie au prix de tant de sang,
Parmi les nations va reprendre son rang;
Et que deviendrez-vous, cupides que vous êtes,
Lorsque la vérité brillera sur vos têtes?
Quand le peuple saura que tous ses oppresseurs
Ne sont que les commis payés par ses sueurs,
S'engraissant des travaux que partout on entrave,
Et riant de ses pleurs qu'on méprise et qu'on brave;
Qu'il consume ses jours en stériles travaux
Dont le pénible prix se perd dans les impôts;
Que sa vie est un bien dont votre orgueil dispose;

Que la gloire est pour vous lorsque son sang l'arrose ;
Que son travail pénible est couvert de mépris,
Que fidèle à ses lois dont il connaît le prix,
On le traite à-la-fois d'audacieux rebelle ;
Qu'on vend sa liberté quand il mourut pour elle,
Et que, de ses hauts faits effroi de l'univers,
On étourdit l'écho par le bruit de ses fers.
Alors viendra le jour où, fatigué d'outrages,
Vous aurez suscité de funestes orages !
Plus d'or pour vous payer, car le soc des guérêts
Ne fécondera plus les trésors de Cérès,
La vigne languira sans soin et sans culture ;
Pour vous plus de guerriers pour venger une injure,
Car le peuple a deux bras dont le pays dépend ;
L'un cultive la terre et l'autre la défend.
Quel cœur s'enflammerait à la voix d'un transfuge,
Qui dans les rangs anglais fut chercher un refuge,
Au chemin de l'honneur qui le croira marcher ?
A des drapeaux français il ne fut jamais cher ;
Jamais, son sang versé pour sauver la patrie,
N'a bouillonné joyeux pour sa cause chérie ;
Et si quelques lauriers furent jamais son prix,
Les champs de Waterloo déjà les ont flétris.
Craignez que de nouveau le peuple en sa colère,

Ne rallume un flambeau pour embrâser la terre ,
Cet incendie immense est allumé par vous.
Partez : il oublira son funeste courroux,
La France renaîtra plus riche et plus tranquille.
Partez, et le hameau s'unissant à la ville,
Par des jeux et des chants fêteront l'heureux jour
Qui de leur douce paix fixera le retour.
Que l'avenir est beau pour notre belle France !
Encore quelques jours donnés à la souffrance,
Elle se couvrira de l'égide des lois ,
Fidèle à ses sermens et fidèle à ses rois.
Les siècles à venir attesteront sa gloire,
Et l'exemple d'un monde où s'inscrit son histoire :
Des peuples étonnés elle brise les fers ,
Et placée au milieu de ce vaste univers,
De rayons lumineux elle couvre la terre.
Tyrans , disparaissez , la liberté l'éclaire,
Belle comme au printemps et couverte de fleurs ;
Son sceptre est un flambeau qui pénètre les cœurs.
Tyrans, disparaissez ; ce n'est pas la furie
Qu'invoquait autrefois la sanglante anarchie ;
Ce monstre qui servit d'excuse à vos forfaits.
Elle n'attaque plus vos insultans palais ;
Elle ne proscrit plus vos orgueilleuses têtes ,

Elle n'appelle plus à de sanglantes fêtes,
Tout un peuple enivré qui ne la connaît pas,
Et qui de l'échafaud s'élançait aux combats.
C'est la Vierge aux yeux bleus que l'univers encense,
L'habitante du ciel qui veille sur la France;
Au milieu de ce monde est son arbre planté,
Il croît avec effort, mais pour l'éternité.
Ses rameaux protecteurs s'étendront sur les mondes,
Et reviendront s'unir aux racines profondes
Que planta l'Éternel lorsqu'il créa le temps.
Peuples, voilà le jour où d'un stérile encens
Vous n'invoquerez plus une impuissante idole,
Car de la liberté la brillante auréole
Vous servira de guide au sein de vos travaux,
Et planera pour vous au-dessus des tombeaux.

Les nuages se dissipent et laissent voir le buste de l'auguste auteur de la Charte ; les Ministres s'inclinent et se retirent.

FIN.

IMPRIMERIE DE MIGNERET,
rue du Dragon, n° 20.

www.ingramcontent.com/pod-product-compliance
Ingram Content Group UK Ltd.
Pitfield, Milton Keynes, MK11 3LW, UK
UKHW021032220726
13924UKWH00001B/273